P.-E. GOGUILLOT

L'AVANT-DERNIER JOUR

D'UN CONDAMNÉ

COMÉDIE-VAUDEVILLE EN UN ACTE

PRIX : 1 FRANC

TOULOUSE

IMPRIMERIE DOULADOURE-PRIVAT

39, RUE SAINT-ROME, 39

1890

Tous droits réservés.

P.-E. GOGUILLOT

L'AVANT-DERNIER JOUR

D'UN CONDAMNÉ

COMÉDIE-VAUDEVILLE EN UN ACTE

TOULOUSE

IMPRIMERIE DOULADOURE-PRIVAT

39, RUE SAINT-ROME, 39

1890

Tous droits réservés.

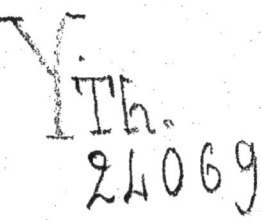

A RAYMOND DE LA TOUR DU VILLARD

AVOCAT A LA COUR D'APPEL DE NIMES

MON CHER AMI,

C'était d'abord dans ma pensée un autre nom qui devait se trouver en tête de ces quelques pages — les premières. Vous le savez, vous ne m'en voulez pas de vous le dire. Raymond de Ginestous a disparu — c'est ainsi qu'après la bataille sont inscrits les blessés perdus. Bon et confiant, il fut en effet un blessé de cette lutte qui est la vie, où l'altruisme est une faute de tactique. Dans quelque coin obscur de forêt lointaine, sous une hutte tressée de lianes, une main amie doit panser sa blessure. Nous le reverrons. Je tenais à lui donner ce témoignage de mon amitié.

Je vous dois bien à vous aussi ces quelques lignes de reconnaissance. Le premier, après lui, vous avez écouté la lecture de cette pochade, avec complaisance. Vous êtes un des rares avec lequel j'ai pu faire des échanges intellectuels sur cette terre de Mésie, entre Vidourle et Vistre, dont on ne regrette guère que le ciel, où l'intelligence hiverne comme une marmotte. Vous comprenez que je n'oublie ni cela ni notre amitié commune.

Et c'est tout. Vous n'attendez ni citations des Tristes, ni citations de Cicéron, fût-ce du De Amicitiâ. Je ne fais pas une préface à la Dumas fils; ce ne sont cependant pas les déclarations de principes à formuler qui me font défaut. Le sujet ne les comporte pas.

Le sujet — une farce — qui nous a fait rire tous les deux, ce qui eût suffi à mon bonheur, le rire étant chose rare alors — qui n'a nulle prétention à la valeur et après la confection de laquelle je ne serai pas obligé de refuser une place à l'Académie française comme Alphonse Daudet, celui qui, doublement adroit, a su traverser le Rhône à temps et, en passant, emporter un des Tartarins.

Il y en a qui au lieu d'y rire en riront, c'est leur droit. A la première représentation, à laquelle j'assistais au fond du parterre, un spectateur, devant moi, a dit que ça n'avait pas le sens commun. Je lui ai serré silencieusement la main.

Ils sont très forts ceux qui « se hâtent de rire de tout » Du milieu des préjugés — ces moraines des esprits étroits — élevons-nous au sommet et, bien plus forts encore, rions de ceux qui rient.

A travers le Pont-Euxin, je vous tends la main, vous remerciant de notre communauté intellectuelle et je m'arrête, parce que l'imprimeur prétend que tourner la page serait d'une défectueuse esthétique et que ça me coûterait plus cher.

A vous,

P. E. GOGUILLOT.

Toulouse, le 22 juillet 1890,

PERSONNAGES

BÉLUCHARD, 50 ans (1er comique)... MM. DELAISTRE.

PERSEAU, 30 ans (jeune premier)..... DÉRIEUX.

DOMESTIQUE·......... ⎫ Rôles   SÉRAFINI.

AGENT DE LA SURETÉ.. ⎬ de   DELMAS.

COMMISSAIRE DE POLICE ⎭ convenance   UTHÉRAL.

Mme BÉLUCHARD (duègne).......... Mmes GOYVANIER.

YSELLE, leur fille (ingénuité)......... J. GOYVANIER.

La scène se passe de nos jours.

ACCESSOIRES.

Garniture de cheminée, pendule, un fauteuil de bureau, huit chaises.

Une boîte en carton de bureau, plumes, encre, papier, enveloppes, beaucoup de journaux, un timbre ou une sonnette, une pièce d'or à Beluchard, un joli bouquet à Perseau; — dans la coulisse droite, un carton à chapeau et une valise, une lettre sous enveloppe à l'Agent de la sûreté.

L'AVANT-DERNIER JOUR D'UN CONDAMNÉ

La scène représente un cabinet de travail. Porte à deux battants au fond, fenêtres de chaque côté au fond. Portes à un battant au second plan, une à gauche, une à droite. Bureau à gauche au premier plan. Cheminée à droite au premier plan. Table de travail au milieu au premier plan. Sur le bureau, une boîte en carton carrée ou rectangulaire, de forme administrative, dans laquelle doivent se trouver des fiches en carton blanc en assez grand nombre rangées en ordre verticalement. Sur la table, des papiers et journaux mêlés, un encrier, une plume et une feuille de papier ouverte. Un timbre pour sonner.

Au lever du rideau, Beluchard est assis à gauche de la table vue des spectateurs, le fauteuil tourné vers la salle.

SCÈNE PREMIÈRE.

BELUCHARD.

BELUCHARD, tout en lisant un journal,

Le ministère n'est pas encore tombé; il a obtenu, à une voix de majorité, l'ordre du jour pur et simple qu'il sollicitait. Et les ministres se sont abstenus! Ainsi les voilà purs. Pourvu qu'ils n'aient pas la seconde qualité de leur ordre du jour. Voyons la chronique des théâtres; c'est plus intéressant. (Il lit.) « La dernière nouveauté du Palais-Royal, où s'est révélée Mlle Adélaïde Vautrouver, continue à attirer la foule. Les toilettes de l'étoile sont le clou de la pièce. » (Parlé.) Et l'étoile aussi peut-être. C'est la couturière qui devrait toucher les droits d'auteurs. Pour avoir une idée sur les pièces nouvelles, jadis nous allions à la chronique des théâtres; aujourd'hui nous allons à la chronique des modes. On interviewe la couturière. Je comprends que les gourmets du journalisme préfèrent lier conversation particulière avec une jeune dame de vingt-cinq ans qu'avec un vieil auteur à barbe blanche. Oh! les femmes! — Voyons le Palais. (En lisant.) Racontars de la salle des pas-perdus et de la parlotte, quelques condamnations de vagabonds, un président qui fait des mots. Rien. — Voyons les faits divers. Un agent de change qui est mort... (silence) de mort naturelle; ce fait valait la peine d'être signalé. Et il est mort en France. Décidément, aujourd'hui on voit des choses extraordinaires. (Au moment où il va fermer le journal, il s'arrête ébahi.) Ai-je bien lu? (Ému, il lit.) « Beluchard », c'est mon nom, « Népomucène-Louis-Salluste », ce sont mes prénoms, « pour avoir, dans la nuit du 26 mai 1886, assassiné Blanche Dutheuil, dite Gargouille, est condamné à mort par contumace. » (Un cri.) Ma tête s'en va. (En même temps, il porte la main à sa tête. Le journal tombe de ses mains; il s'affaisse.) Moi, mais non, ce n'est pas possible. (Il reprend le journal.) Et cependant c'est bien moi, mon nom, mes prénoms; pourtant, je suis certain que... Est-on jamais sûr de rien? Enfin (il se tâte), j'ai la possession de mes sens; je sais bien que je n'ai assassiné personne. Peut-être m'a-t-on hypnotisé. (Un cri.) Serais-je somnambule? (Silence.) Je suis perdu. (Il tombe anéanti; puis, se relevant avec une énergie factice.) Mais il faut que je me sauve. Un sage a dit que vous eût-on accusé d'avoir emporté les tours de Notre-Dame... Socrate dit bien aussi quelque part qu'il ne faut pas user des moyens de fuite, mais ça ne lui a pas réussi. Au diable Socrate, les sages, la justice. Puisqu'elle boite, profitons-en pour prendre les devants. Fuyons....., mais non pas sans embrasser ma femme et ma fille. (On sonne.) O ciel! on vient peut-être me chercher. (Le domestique entre par la porte du fond)

SCÈNE II.

BELUCHARD, LE DOMESTIQUE*.

(Beluchard reste assis; le domestique s'avance un peu vers lui et s'arrête.)

LE DOMESTIQUE.

Un mendiant vient demander l'aumône, Monsieur.

BELUCHARD.

Un agent de la sûreté!

LE DOMESTIQUE, qui a mal entendu.

L'argent est en sûreté. (Il s'avance d'un pas.)

BELUCHARD, vivement au domestique se levant.

Vous n'avez jamais été condamné à mort?

* Beluchard, le domestique.

LE DOMESTIQUE, ébahi, après une hésitation.

Non, jamais, Monsieur. (Il recule.)

BELUCHARD.

Alors, vous ne savez pas ce que ça fait.

LE DOMESTIQUE, à part.

Monsieur a quelque chose. (Haut.) Le mendiant, Monsieur ?

BÉLUCHARD, lui donnant un louis.

Donnez-lui ces vingt francs, à condition qu'il ne revienne jamais. (Le domestique va pour sortir ; Béluchard le rappelle.) Si vous pouviez arranger l'affaire à moitié prix ?

LE DOMESTIQUE.

Il n'aura peut-être pas de monnaie.

BELUCHARD.

Ces gens-là en ont toujours.

LE DOMESTIQUE, à part, en s'éloignant.

Il est certain que Monsieur a quelque chose.

(Il sort par le fond.)

SCÈNE III.

Mᵐᵉ BELUCHARD, BELUCHARD, YSELLE*.

Mᵐᵉ BELUCHARD, entrant, deuxième plan droite, avec Yselle.

Quel est ce bruit ?

* Beluchard, Mᵐᵉ Beluchard, Yselle.

BELUCHARD.

C'est un mendiant.

Mme BELUCHARD.

Un mendiant! Mendicité à domicile; ces gens-là, on devrait leur appliquer la loi et les mettre en prison.

BELUCHARD, furieux.

En prison! qu'on les condamne à mort tout de suite?

Mme BELUCHARD.

Mais non, je ne vais pas jusque-là. Calme-toi, mon ami.

BELUCHARD.

Pense que j'aurais pu être mendiant, moi aussi, que je le serai peut-être un jour. (A part.) Je n'ai plus rien, mes biens sont confisqués.

YSELLE.

Papa a raison, maman, il faut être indulgent pour les malheureux.

BELUCHARD *, passant.

Embrasse-moi, ma fille. (Il l'embrasse.)

YSELLE.

Comme tu m'embrasses, papa, on dirait que tu pars en voyage.

BELUCHARD.

Oui, ma fille, je pars pour un long voyage.

* Mme Beluchard, Beluchard, Yselle.

Mme BELUCHARD.

Tout de suite, sans nous avoir prévenues.

BELUCHARD.

Pour un long voyage. (A part.) Si la clémence du Président de la République, dont il ne faut jamais désespérer, tombe sur moi, j'irai en Nouvelle-Calédonie. (Haut.) Mais vous viendrez me voir ? (Il pleure.)

YSELLE.

Qu'as-tu, papa ? Que vas-tu faire si loin ?

BELUCHARD.

M'établir.

YSELLE.

Comme quoi ?

BELUCHARD.

Comme colon. (Tout à coup, à Mme Beluchard.) Où étais-je le 26 mai 1886 à onze heures et demie du soir ?

Mme BELUCHARD.

Mais..... je ne sais pas trop, mon ami.

BELUCHARD.

Ne t'embrassé-je pas ?

Mme BELUCHARD.

Je ne me souviens pas.

BELUCHARD.

Tu n'as pas même conservé le souvenir de mes baisers! Tu ne demanderas pas le divorce ?

Mme BELUCHARD.

Que dis-tu? Aurais-tu? (Passant devant lui, à Yselle.) Ma fille, éloigne-toi...* (Yselle remonte et va près du bureau.) Aurais-tu oublié la foi-conjugale?

BELUCHARD.

Si ce n'était que ça!

Mme BELUCHARD, à l'extrême-droite.

Si ce n'était que ça. (Criant.) Tonnerre et furie! Cieux! vous l'entendez et ne l'écrasez pas.

BELUCHARD, se rapprochant d'elle.

Non! vois-tu, ce n'est pas ce que j'ai voulu dire. Et puis, je ne sais plus ce que je dis. Je suis souffrant. A propos, j'ai quelques affaires à régler. Qu'on aille chercher un avocat. (En allant vers le fauteuil, où il s'assied, à part.) Il me renseignera, je n'ose pas trop me montrer dehors.

BELUCHARD, (sans quitter des yeux Beluchard.)

(A part.) Comme il est pâle. Il paraît avoir plutôt besoin d'un médecin. (Haut.) Je vais donner des instructions. Viens, Yselle! (Elles sortent par la droite.)

SCÈNE IV.

BELUCHARD, seul, reprenant son journal.

Je ne sais quel plaisir on trouve à rendre plus grande la douleur éprouvée en y portant sans cesse la main. Je vais relire cet article, j'y trou-

_____
* Yselle, Beluchard, Mme Beluchard.

*

verai peut-être des détails complémentaires. (En lisant.) Cherchez la femme, toujours la femme. Il y en a deux ici, une qui a été assassinée, une qui a dénoncé. On est puni par où on a péché. (Cessant de lire.) Cependant, je ne la connaissais pas. J'en ai tant connues que je ne puis pas me les rappeler toutes. Heureusement que j'ai mon répertoire. (Il va prendre sur le bureau la boîte en carton contenant les fiches et revient s'asseoir.) Chaque femme que j'ai connue est portée sur une fiche avec toutes les indications nécessaires pour pouvoir la retrouver. Dans les bibliothèques publiques il y a un catalogue de ce genre, celui-ci est le catalogue de la mienne. (Il ouvre la boîte et cherche.) Je ne trouve rien. Quelque carte de visite de moi, égarée chez cette femme, m'aura fait soupçonner. O ciel! si je lui avais écrit! J'ai écrit à tant de femmes, j'ai tracé tant de fois ces mots, qui revenaient toujours : « Je t'aime jusqu'à la mort! » J'ai aimé souvent comme ça et je ne suis pas mort. Je ne m'en porte pas mieux à présent. Si maintenant ma pensée allait se réaliser! (Silence.) Quel éclair! ces mots compromettants! Oui! mais je ne retrouve pas son nom. Elles en ont tant, excepté le vrai. Et celle qui a dénoncé, je ne la retrouve pas mieux. Serait-ce celle à qui j'avais promis un mobilier? ou une parure? ou une rente? J'ai tant promis. (Il cherche tout en parlant.) L'article 12, c'est celui-là qu'on voudrait m'appliquer : « Tout condamné à mort aura la tête tranchée ». Mais j'y tiens à ma tête. Cette femme qui m'a dénoncé, se sera dit que ma tête était ce qu'elle avait aimé le mieux en moi et que, ne pouvant plus l'avoir, elle voulait que personne ne la possédât. Il y a donc eu une femme qui m'aurait aimé ?... (Silence.) Aux heures douloureuses de la vie, à celles qui précèdent le moment suprême, la vérité toute entière nous apparaît. (Silence.) Je pourrais fuir, mais on me confisquera mes biens. Je n'ai plus qu'un moyen de laisser la joie, même après ma mort. Je vais écrire à une Compagnie d'assurances pour m'assurer sur la vie. (Silence.) Je vais aussi m'assurer contre les accidents. Il est bien certain que je ne le ferai pas exprès... Et ma fille qui se marie dans quelques jours! Il faudra retarder le mariage si on porte le deuil. Et si en le hâtant je pouvais encore y assister. Je n'aurai pas l'âme en joie de savoir que le lendemain..., moi aussi, ce sera la première fois... Je ferai le voyage de noces pour eux, oui, le grand voyage. Et, cependant, je ne puis pas cacher cette situation à mon gendre! Il faut que je le prévienne. Il est certain que je ne serai plus le même aux yeux du monde, je serai diminué... [On m'avait déjà nommé président du Comité électoral de mon arrondissement, Comité de centralisation des forces vives du pays. (Il prend un papier.) J'écrivais, il n'y a qu'un instant, une proclamation. (Il lit.) « Depuis trop longtemps déjà nous vivons dans l'inaction, la place n'est plus qu'au flot montant des appétits. A côté du lion populaire qui gronde est le chien affamé qui aboie, il faut lui couper la tête. (Cri.) Ah!... Il vaut mieux supprimer cette phrase. Il serait peut-être sage d'y ajouter un paragraphe sur la suppression de la peine de mort. On publierait ça dans mes œuvres complètes..., plus complètes que moi après...] (On entend du bruit.) Du bruit, c'est l'heure de mon gendre, ce doit être lui. Où pouvais-je être il y a deux ans?... (Perseau entre par le fond avec un bouquet de fleurs à la main; il va pour embrasser Beluchard. Celui-ci l'arrête et se lève.)

SCÈNE V.

BELUCHARD, PERSEAU*, à droite de la table, debout.

BELUCHARD, vivement.

Où étiez-vous, il y a un an, dix mois, trois jours, une heure?

PERSEAU, abasourdi.

Je ne sais pas! (A part.) Se douterait-il de mes relations avec...

BELUCHARD.

Vous ne savez pas?... ni moi non plus.

PERSEAU, à part.

Je respire.

BELUCHARD.

Il est nécessaire que nous ayons une explication. (Beluchard, qui était près du bureau, à gauche, se rapproche de la table. En même temps Perseau gagne à droite pour dire son aparté.)

PERSEAU, à part.

Je cesse de respirer... Je voulais le lui avouer aujourd'hui... Allons-y! (Haut) Eh bien! beaupère, ça se trouve bien. C'est aussi mon avis...

---

* Beluchard, Perseau.

BELUCHARD, à part et ébahi.

Comment, il saurait déjà la condamnation?... (Regardant Perseau.) Oh! non, c'est impossible. (Froidement et changeant de ton, à Perseau, en lui montrant la boîte à fiches.) Vous voyez ceci?

PERSEAU.

Oui, c'est le catalogue de votre bibliothèque.

BELUCHARD, en s'asseyant.

Non, c'est le répertoire de toutes les amies.

PERSEAU, l'interrompant.

Qui vous ont aimé? (Il vient s'asseoir à droite de la table.)

BELUCHARD.

Si je ne léguais à mes héritiers que les noms de celles qui m'aimèrent, les droits de succession seraient légers. Oh! non, ce sont celles qui ont accepté..... mon bras.

PERSEAU.

Et votre argent?

BELUCHARD.

Moins, parce que, autant que possible je n'en ai pas offert pour m'éviter l'outrage d'un refus. — Elles sont là avec l'indication de leur titre et de leur sous-titre. Voyez-vous celle-ci? je l'ai dorée sur tranches, et celle-là? ce doit être du parchemin en ce moment.

PERSEAU.

Et cette autre?

BELUCHARD.

Oh! celle-là, livre neuf, c'est moi qui en ai ouvert les pages.

PERSEAU.

Beau-père, je ne vois pas le nom des éditeurs au bas des fiches.

BELUCHARD.

C'est que j'ignore qui a mis les volumes en circulation.

PERSEAU.

C'est une bibliothèque publique que la vôtre alors?

BELUCHARD, à part.

Les évènements semblent le démontrer.

PERSEAU.

Y a-t-il encore quelques ouvrages qu'on puisse mettre en lecture?

BELUCHARD.

Voyez. (Il lui passe le répertoire et se lève. Perseau s'assied sur une chaise, derrière le tableau, un peu à gauche.)

BELUCHARD.

(A part.) J'avais oublié dans les souvenirs anciens, le souvenir récent plus cuisant. (Haut.) Je voulais parler de choses sérieuses.

PERSEAU.

Moi aussi et puisque je vous vois d'humeur gaie.

BELUCHARD, à part.

Il trouve.

PERSEAU.

Et joviale.

BELUCHARD, plus sombre.

Merci bien!

PERSEAU, confidentiellement.

(En se penchant sur la table.) Beau-père, il n'est pas de jeunes gens qui, avant leur mariage ne se soient oubliés dans.....

BELUCHARD, l'interrompant.

Des bibliothèques publiques..... avec quelque fiche consolatrice.

PERSEAU.

Ou dans la lecture de quelque ouvrage intéressant. C'est cela. Eh bien?... (On entend parler dans la coulisse.)

BELUCHARD, vivement.

Fermez la boîte! (Yselle entre par la porte de droite.)

SCÈNE VI.

LE DOMESTIQUE, BELUCHARD, au fond,
PERSEAU, YSELLE *.

PERSEAU, saluant et offrant le bouquet à Yselle.)

Mademoiselle!

* Perseau, Beluchard, Yselle, le Domestique.

YSELLE, saluant, en passant et prenant le bouquet.

Monsieur!

LE DOMESTIQUE, à la porte gauche.

La personne que monsieur a fait demander est là. (A part.) Le médecin.

BELUCHARD, à part.

L'avocat (Haut, au domestique.) J'y vais! (Le Domestique sort, Beluchard remontant un peu, à Perseau et à Yselle)*.

(Gaiement.) Profitez de mon absence pour vous dire des choses aimables..... Les vieux ça gêne toujours. Je sais ça moi..... Quand j'étais jeune.....

PERSEAU.

Vous l'êtes toujours beau-père.

BELUCHARD, tristement.

Ça n'empêche pas que je n'ai peut-être pas beaucoup de temps à vivre. (A part.) Hélas!

PERSEAU.

Il est vrai qu'on meurt à tout âge.

BELUCHARD.

(A part.) Cruel! (Haut.) Je vais pour quelques instants à mes affaires.

PERSEAU.

C'est le notaire?

YSELLE.

Il vient pour le contrat de mariage?

* Perseau, Yselle, Beluchard.

BELUCHARD.

(A part.) J'aurais pu en effet l'envoyer chercher. A la suite du contrat de mariage il aurait mis mon testament, sur la même minute, cela aurait fait une économie. (Haut.) Non, non, mon gendre, ce sont des affaires... qui ne regardent que moi.

PERSEAU.

On ne peut pas vous remplacer ?

BELUCHARD.

Si l'on pouvait prendre un remplaçant! Il y a tant de gens qui ne font rien... (En sortant). Au revoir mes enfants, au revoir! (Il sort par la porte de gauche, Yselle passe.)

SCÈNE VII.

PERSEAU, YSELLE *, à gauche de la table.

(Un moment de silence.)

YSELLE.

Vous ne dites rien, M. Léopold.

PERSEAU.

Ce n'est pas que je n'aie beaucoup de choses à dire.

YSELLE, elle s'appuie au dossier du fauteuil.

Voyons, procédons par ordre. Vous m'avez déjà dit que j'étais belle, que vous m'aimiez, que

* Yselle, Perseau.

vous vouliez m'épouser. Je le rappelle pour que vous ne vous répétiez pas. Je n'ai pas cru que je fusse belle, je vous ai écouté quand vous m'avez dit que vous m'aimiez, mon Père vous a répondu qu'il vous accordait ma main. Voilà le résultat de nos conférences.

PERSEAU.

Autrefois on disait « entretiens », depuis les cours de la Sorbonne pour jeunes filles on dit « conférences. »

YSELLE.

Certainement. Maintenant vous n'avez plus qu'à continuer votre cour. — Sans calembour — en prenant un sujet nouveau à développer dans la même série.

PERSEAU.

Comme les conférences du Carême à Notre-Dame. Voulez-vous que je vous dise aujourd'hui l'impression que vous me procurez?

YSELLE.

Vous êtes maître du sujet.

PERSEAU.

Vous connaissez ces vieux, sombres et immenses placards, cachés dans les coins des salles à manger que les ménagères campagnardes tiennent fermés avec beaucoup de soin et n'ouvrent qu'aux grandes solennités?

YSELLE.

Oui, ça sent le moisi.

PERSEAU.

Non, ces placards sont remplis de confitures affriolantes aux émanations agréables. Ces parfums — car c'est un mélange — ne s'exhalent qu'au moment où l'on ouvre. Supposez qu'il y ait longtemps, bien longtemps, que l'armoire est fermée ; que devant elle se trouve un voyageur à jeun depuis de longs jours, qu'on l'ouvre. Toutes les sensations sont simultanément éveillées en lui et se multiplient l'une l'autre : le goût, l'odorat, la vue, et il n'aspire qu'au toucher. (Ils viennent devant la table).

YSELLE, lui tendant le front.

Prenez un peu de confiture. (Mouvement de vivacité de Perseau.) Oh! le couvercle seulement! (Perseau l'embrasse sur le front, au même instant entre Beluchard par la porte de gauche.)

SCÈNE VIII.

BELUCHARD, YSELLE, PERSEAU*.

BELUCHARD, se parlant à lui-même, en entrant.

Il a dit que j'étais fou! Comme si les avocats connaissaient ces choses-là! Et pas moyen d'en tirer un mot sur mon affaire! « Faut-il que je la purge cette contumace? » Et de me répondre constamment « Purgez! Purgez! » — Il a dit que j'étais fou! — Est-ce que cet avocat ne verrait que des fous comme s'il était médecin aliéniste? — Et

* Beluchard, Yselle, Perseau.

s'il avait dit vrai? — Si tout ce qui m'arrive n'était que le résultat d'une folie? — Si je l'étais. je ne me poserais pas la question. — Il a peut-être avancé les choses car je sens que je le deviens. — A moins qu'il n'ait choisi ce système de défense et ne veuille plaider la folie! (Pendant cette tirade et dès les premiers mots Perseau et Yselle ont gagné petit à petit l'extrême droite en regardant Beluchard avec des jeux de physionomie.)

YSELLE, à Perseau.

Papa, paraît préoccupé. — Je vous laisse seuls pour que vous repreniez votre causerie. Au revoir!

PERSEAU, à Beluchard.

J'accompagne Mademoiselle et je reviens. (Il reprend son chapeau.)

(Ils sortent en courant par la porte de droite.)

SCÈNE IX.

BELUCHARD, seul, puis LE DOMESTIQUE.

(Il s'assied comme à la scène première.)

Et maintenant, brûlons nos vaisseaux. Je vais écrire à la police pour lui dire que je pars ligne du Nord et pendant qu'elle ira me chercher à la Gare du Nord, je prendrai le train du Midi. Cependant la police est intelligente... quelquefois... et si elle comprenait. Et puis aujourd'hui on vous trouve dans les lieux les plus éloignés. — Si j'écrivais que je vais me suicider. — Le Préfet de police trouvera peut-être bizarre que je me tue pour échapper à la mort. Après cela, on les change si souvent qu'il n'aura probablement pas le temps d'y réfléchir... Je vais toujours lui écrire que je ne suis pas coupable et que je reste. Je partirai tout de même et puis... Eh bien! voilà une histoire dont je resterai longtemps à demander l'épilogue. (Il écrit.) Voilà, le sort en est jeté. (Il sonne, il place la lettre sous enveloppe, met l'adresse. Le Domestique* entre par le fond.) — Au Domestique.) Envoyez cette lettre à la Préfecture de police. (Sortie du Domestique par le fond.)

SCÈNE X.

BELUCHARD, PERSEAU **.

PERSEAU, entrant.

Mme Beluchard ne reçoit pas encore.

BELUCHARD, énergique et sombre.

On vous dirait tout à coup, (Il se lève.) comme ça à brûle-pourpoint, votre... oncle a été condamné à mort, que diriez-vous ?

PERSEAU, gaiement.

Je dirais tant mieux parce que je vais hériter.

BELUCHARD, même jeu.

Mais enfin un parent au degré non successible ?

* Beluchard, le Domestique.
** Beluchard, Perseau.

PERSEAU, gaiement.

Comme alors, il ne me toucherait pas de près, ça me serait indifférent.

BELUCHARD, même jeu.

S'il portait votre nom?

PERSEAU, même jeu.

Je dirais qu'il vaut mieux qu'il disparaisse parce qu'ayant été condamné il le salissait. On n'est pas condamné à mort sans avoir rien fait de mal.

BELUCHARD, même jeu.

Quelquefois. — Si c'était votre femme?

PERSEAU, très gai.

Ça m'éviterait la peine de demander le divorce.

BELUCHARD.

Vous riez de tout.

PERSEAU.

Vous n'avez pas la prétention de parler sérieusement.

BELUCHARD, très sombre.

Et si c'était votre beau-père?

PERSEAU, très gai et riant.

J'aimerais mieux que ce fût ma belle-mère.

BELUCHARD, de plus en plus sombre.

Enfin, si c'était votre beau-père?

PERSEAU, éclatant de rire.

Je la trouverais bien bonne.

BELUCHARD, d'une voix caverneuse.

Et si c'était vous ?

PERSEAU, subitement sombre.

Je la trouverais mauvaise.

BELUCHARD, à part.

Non ! jamais je n'oserai le dire.

PERSEAU.

Et la communication importante ?...

BELUCHARD, l'interrompant.

Elle est terrible; vous la lirez dans les journaux. (A part.) Je l'ai prévenu, ma conscience est tranquille.

PERSEAU.

La mienne est chère, mais pas terrible. Il me faut 10,000 francs.

BELUCHARD, se redressant.

Pourquoi ? 10,000 francs !

PERSEAU.

Un ancien volume lu autrefois et qui voudrait se faire relier luxueusement.

BELUCHARD.

Une femme !

PERSEAU.

Elle ne veut pas me laisser marier sans cela.

BELUCHARD.

Et votre fortune?

PERSEAU.

Je n'ai pas le sou dont je puisse disposer, je suis condamné.

BELUCHARD, à part.

Lui aussi! Pauvre jeune homme! moi encore ça ne fait rien, je suis vieux, je laisse des enfants, mais lui n'en laisse pas, et la France en a besoin. (Haut.) Ainsi, c'est la mort?

PERSEAU.

Pas complète.

BELUCHARD.

Il y a donc une demi-mort? (A part.) Si je pouvais obtenir celle-là,

PERSEAU.

Il y a l'interdiction et le conseil judiciaire... Je n'ai que la seconde chose.

BELUCHARD, furieux.

Vous êtes pourvu d'un conseil judiciaire. (Il passe*. Calme, à part.) J'ai tort de m'emporter, je suis interdit.

PERSEAU.

La jeunesse, comme un flot impétueux, passe...

BELUCHARD, continuant l'idée.

Offrez-lui 100 francs de dédit, puisque vous avez exécuté partiellement le contrat.

* Perseau, Beluchard.

PERSEAU.

Et si elle fait du scandale?

BELUCHARD, à mi-voix.

Oh! le scandale, j'y suis fait maintenant; on ne peut pas en faire plus que je n'en attends.

PERSEAU.

Réfléchissez-y un peu; je vais présenter mes respects à Mme Beluchard.

BELUCHARD.

Allez! (Perseau sort par la porte de droite.)

SCÈNE XI.

BELUCHARD, puis LE DOMESTIQUE, LE COM-MISSAIRE DE POLICE, Mme BELUCHARD, YSELLE, PERSEAU.

BELUCHARD.

(Il va à la porte de droite et crie à la cantonade.)

Préparez mes bagages; je pars. (Il revient en scène.) Pourvu qu'aucune de mes malles ne soit compro-mettante! Si l'autre en avait une semblable à la mienne! On va me dire : « Bon voyage! » Jamais réalisation de souhait ne fut demandée plus que celle-ci. (Il sort par la porte de droite.)

LE DOMESTIQUE, entrant par la porte de gauche.

On demande à parler à Monsieur! (Regardant.) Tiens, il n'y est plus. (Il sort par la même porte.)

BELUCHARD, rentre de droite avec paquets.

J'ai embrassé tout le monde. Scène d'adieux. Tableau. Je pars pour éviter un *bis*. (Il se porte vers la porte du fond et chante.) Sauvé! Sauvé! Merci! mon Dieu!

(Au moment où il arrive à la porte, le Commissaire de police entre du fond.)

LE COMMISSAIRE DE POLICE.

Pas encore!

BELUCHARD, atterré, lâche les paquets en criant :

Hein! et recule jusqu'à l'avant-scène gauche, près du bureau.

(A son cri, entrent sa femme, sa fille et Perseau par la porte de droite*.)

LE COMMISSAIRE DE POLICE, s'avançant vers Beluchard et lui mettant la main sur l'épaule.

Au nom de la loi, je vous arrête.

TOUS, poussant un cri.

Ah!

BELUCHARD.

Je sais ce que c'est.

Mme BELUCHARD.

Une condamnation pour adultère?

BELUCHARD.

Non! Non! Tu n'es pas venue grossir la liste des femmes trompées, liste déjà longue, et qui n'est pas sur le point d'être close. C'est pour tapage nocturne.

* Beluchard, le Commissaire, Mme Beluchard, Yselle, Perseau.

LE COMMISSAIRE, gravement.

Vous avez été condamné à mort par contumace par la Cour d'assises de la Seine pour assassinat.

TOUS, sauf le Commissaire.

(Cri.) Oh ! (Ils tombent affaissés sur la chaise la plus voisine. Stupeur générale.)

PERSEAU.

La famille va perdre sa tête.

BELUCHARD.

(A part) S'il n'y avait que la famille. (Au Commissaire.) Mais, monsieur, on se trompe.

LE COMMISSAIRE, montrant la lettre à Beluchard.

(Tout le monde se lève.)

C'est vous-même qui avez tout écrit au Préfet de police.

BELUCHARD.

(A part.) Dans mon trouble, qu'ai-je donc écrit ?

PERSEAU.

Il se tait, ô mon Dieu, c'est donc la vérité ?

BELUCHARD.

On s'est trompé, un jour on le verra.

YSELLE*, s'avançant vers lui.

Moi, papa, je suis sûre de ton innocence ; il y a une fatale erreur.

---

* Beluchard, le Commissaire, Yselle, Mme Beluchard, Perseau.

BELUCHARD,

Le tout est qu'on s'en aperçoive assez tôt.

YSELLE.

Mais on ne mettra pas plusieurs années, papa?

Mme BELUCHARD, au Commissaire, désignant Beluchard.

Mais voyez cette tête, monsieur, cette face rubiconde; est-ce qu'il a pu y germer une chose pareille?

(Le Commissaire fait signe qu'il n'y peut rien.)

BELUCHARD, à Perseau.

Mon gendre, je vous rends votre parole.

PERSEAU.

Non pas, attendons les événements. (A part.) Si on reconnaît son innocence, dont je ne doute pas, nous aurons une pension, et la dot sera augmentée.

LE COMMISSAIRE.

J'ai rencontré à la Préfecture de police un médecin qui prétend que vous êtes atteint d'aliénation mentale, et a délivré un certificat conforme à celui indiqué par la loi du 27 juin 1838. En conséquence, et pour ce second motif en outre, je procède à votre arrestation.

BELUCHARD, se levant.

(Furieux.) Moi, fou! Par exemple! C'est l'avocat de tout à l'heure qui a dit cela?

Mme BELUCHARD.

L'avocat de tout à l'heure? C'était un médecin!

BELUCHARD *, passant.

Un médecin! Si les médecins s'en mêlent, je suis perdu! (A part.) Mais, tiens! c'est une idée, je plaiderai la folie, et je vais la simuler... (Il se met à marcher d'un bout à l'autre de la scène, de gauche à à droite, en gesticulant et chantant.)

LE COMMISSAIRE, d'un air malin.

Je la connais celle-là. Oh! ça ne prend pas! Il est temps.

BELUCHARD.

Brrr... Il dit ça comme le bourreau dans *la Juive*. Si je lui serrais la main. J'ai lu dans *la Reine Margot* que ça pouvait servir à quelque chose. (Il passe pour serrer la main au Commissaire, lorsque l'Agent entre; il s'arrête.)

SCÈNE XII.

LES MÊMES, UN AGENT DE LA SURETÉ **.

L'AGENT, entrant par le fond, une lettre à la main qu'il tend au Commissaire de police.

Monsieur le Commissaire de police, un ordre du Préfet de police.

LE COMMISSAIRE, lisant.

(L'Agent va à Beluchard.)

---

* Le Commissaire (en arrière), Yselle, Beluchard, Mme Beluchard, Perseau.

** Le Commissaire, un Agent, Beluchard, Yselle, Mme Beluchard, Perseau.

L'AGENT, bas, à Beluchard.

Tranquillisez-vous, on a les preuves de votre innocence. On vient d'arrêter le véritable assassin.

BELUCHARD.

Ça m'étonne!

L'AGENT, haut, à Beluchard.

C'est un drôle portant les mêmes nom et prénoms que vous. Venez tout de même; vous serez un martyr. On proclamera votre innocence. On vous nommera Député...

BELUCHARD.

Député! (Dans un accès de gaîté folle, il danse et fait des entrechats.)

LE COMMISSAIRE.

C'est la folie qui le reprend. (Il va l'arrêter*.)

BELUCHARD, au Commissaire.

Puis-je aller en prison à cheval?

LE COMMISSAIRE.

Non.

BELUCHARD.

En landau découvert?

LE COMMISSAIRE.

Non.

BELUCHARD.

Par le métropolitain.

---

* Mme Beluchard, Yselle, l'Agent, Beluchard, le Commissaire, Perseau.

LE COMMISSAIRE.

Nous attendrions trop longtemps.

BELUCHARD.

Sur une civière.

LE COMMISSAIRE.

La dernière vient d'être envoyée à Carcassonne.

L'AGENT, à part.

Dans un mois, il sera Député; dans deux, Ministre; dans trois, je serai directeur de la sûreté générale.

LE COMMISSAIRE, à Beluchard.

Il n'y a que le panier à salade.

L'AGENT.

C'est le commencement de beaucoup d'hommes d'État.

BELUCHARD.

Et la fin de bien d'autres.

FIN.

Toulouse, Imp. DOULADOURE-PRIVAT, rue St-Rome, 39. — 7949